© 2004, Editorial Corimbo por la edición en español
Ronda del General Mitre 95, 08022 Barcelona
e-mail: corimbo@corimbo.es
www.corimbo.es
Traducción al español: Anna Coll-Vinent
1ª edición, octubre 2004
© 1995, l'école des loisirs, París
Título de la edición original: «L'afrique de Zigomar»
Impreso en Francia por Mame Imprimeur, Tours
ISBN: 84-8470-180-8

Philippe Corentin

EL ÁFRICA
DE ZIGOMAR

«Mamá, ¿por qué Georgina se marcha a África y nosotros no?»
«Porque tu amiga es una golondrina y las golondrinas se alimentan
de insectos, y en invierno sólo hay insectos en África», responde
mamá ratona a su ratoncito.

«Si para ir a África basta con comer insectos, ¡comeré insectos!»,
insiste Pipiolo el ratoncito.
«¡Déjate de bobadas! Nosotros no somos insectívoros, somos granívoros.
¡No hace falta que vayamos a África!»
«¡No es justo! ¡Yo quiero ir a África!», se empecina Pipiolo.

Pipiolo está triste. Ayuda a su amiga Georgina a hacer las maletas:
mañana se marcha a África.
«¿Por qué no me llevas a cuestas?», le propone Pipiolo. «¿Quieres?»
«Podemos intentarlo», accede Georgina.

Pero Georgina es demasiado pequeña y Pipiolo pesa demasiado.

«Necesitarías un ave migratoria mucho más grande, como el cuclillo», le aconseja Georgina. «Pero entonces no verías nada, porque el cuclillo viaja de noche, y sería una lástima… Están los gansos, pero vuelan tan alto que te habrías helado antes de llegar…También están las cigüeñas, que son grandes y cómodas, pero…»

Sin esperar a que Georgina termine la frase, Pipiolo se deja caer sobre el nido de las cigüeñas.

Las cigüeñas son unas aves sonrientes y muy amables.
Al menos esa es la impresión que tiene Pipiolo.
«¡Ejem!», dice tímidamente, impresionado por el tamaño
de los picos, «me gustaría que me llevarais a África…»
Pipiolo se interrumpe bruscamente: de pronto ha visto
el plato que hay encima de la mesa.
«¡Comen ratones!», grita.
Sólo tiene tiempo de saltar del nido.

Afortunadamente, Pipiolo cae sobre su viejo amigo el mirlo Zigomar.

«Tú que lo sabes todo, ¿conoces África?», le pregunta Pipiolo obstinado.

«¿Quién?, ¿yo? ¡Naturalmente!»

«¿Has estado allí alguna vez?», exclama Pipiolo, que ya ve cumplido su sueño.

«¿Yo? ¡No! ¿Por qué tendría que haber estado en África?»

«Pero, ¿sabrías ir?», implora Pipiolo.

«¡Escucha, pequeño: donde va una golondrina, ¡yo también puedo ir!», responde el mirlo con aires de suficiencia.

Deciden partir al día siguiente mismo, al amanecer.
«¡Cuidado con las quemaduras del sol!», les advierte mamá ratona.
Zigomar, con su pasajero a cuestas, toma impulso para levantar el vuelo.
«¡Eh, esperadme!», grita una rana. «Anoche oí vuestra conversación.
¡Tiene que ser muy divertido
eso de África, los elefantes,
los monos y todo lo demás!
¿Puedo ir con vosotros?»

Alzar el vuelo ha sido difícil, pero ahora
los tres amigos vuelan a gran altura.
«¡Oye, Zigomar!, ¿sabes el camino?»,
pregunta Pipiolo inquieto.
«No te preocupes, me he informado»,
le tranquiliza el mirlo.
«Es fácil: para saber dónde está el sur
miras el sol, vas derecho hacia allí
y cuando ves el primer elefante
ya estás en África.»

«¿Y cómo reconoces a un elefante?», pregunta a su vez la rana, que tampoco está muy tranquila.

«¡Por los colmillos, señorita! ¡Reconozco a un elefante por los colmillos!»,
responde Zigomar terminantemente.

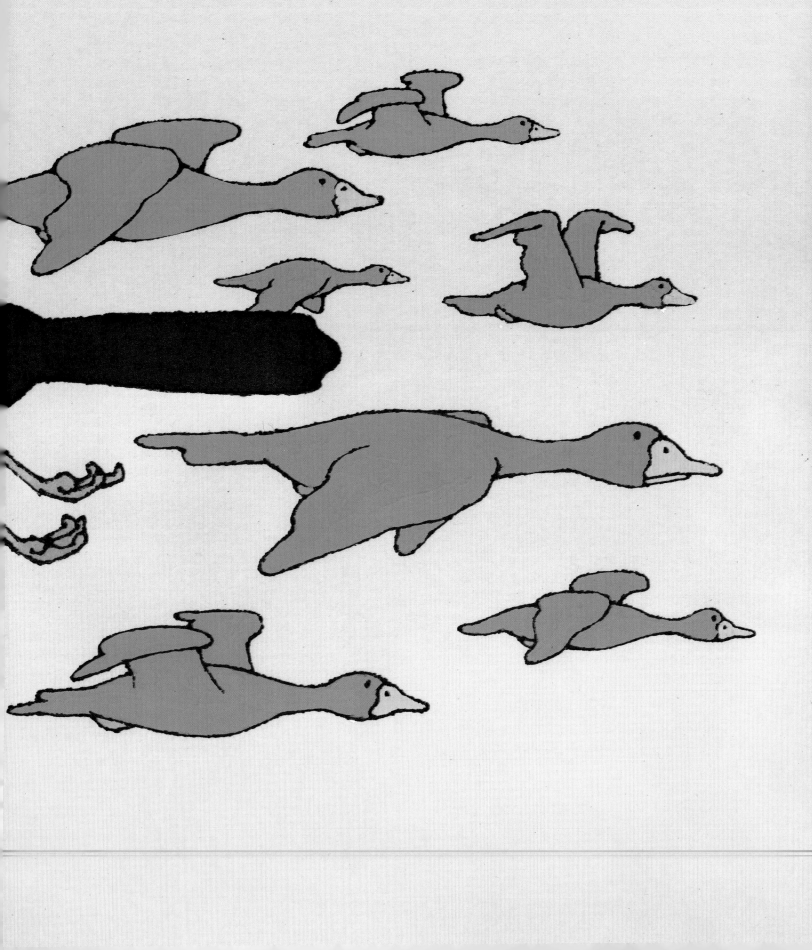

«¡Anda! ¿No eran gansos, esas aves con las que acabamos de cruzarnos?»,
pregunta Pipiolo.
«¡Sí!, ¿y qué?», dice Zigomar.
«Pero, ¿no van a África, los gansos?», pregunta la rana sorprendida.

«Sí, pero los gansos son tontos. Seguramente habrán olvidado algo y habrán dado media vuelta», se burla Zigomar. «¡Mirad! Ahí está el mar. África no debe estar lejos.»

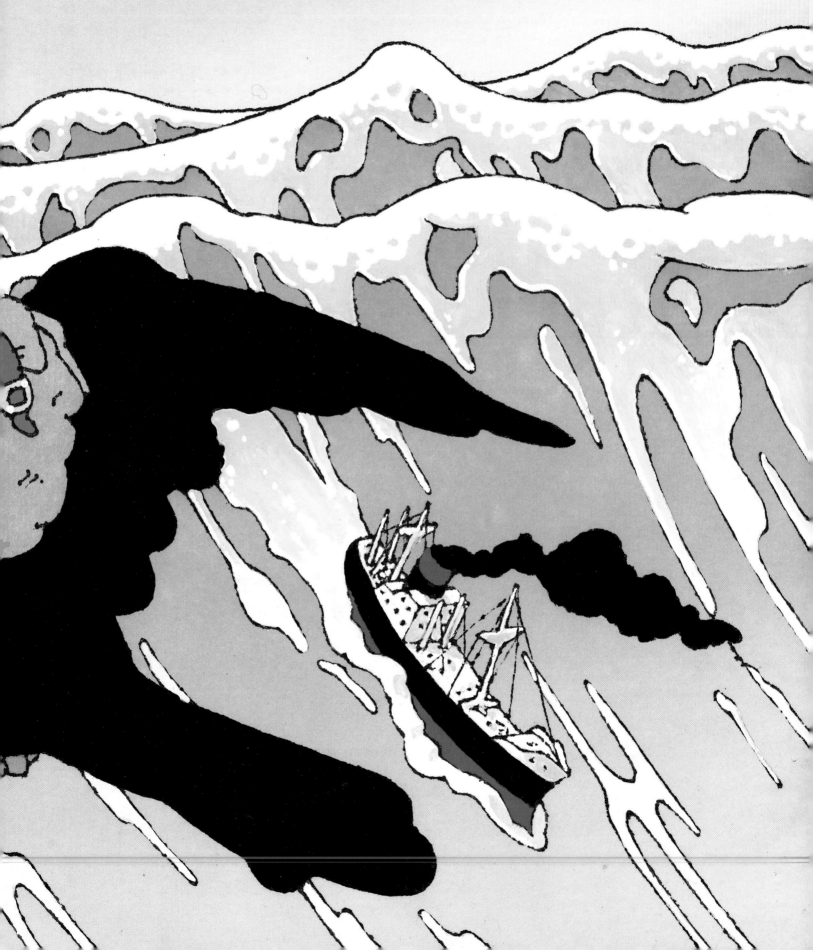

«¡África! ¡África!»

Los dos pasajeros se despiertan sobresaltados por los gritos de Zigomar.

«¡Ahí! ¡Un elefante!», exclama el mirlo. «¡Fijaos en los colmillos!»

«¿Estás seguro de que es un elefante?», pregunta la rana.

«¡No me los imaginaba así!»

«¡Yo tampoco!», dice el ratoncito.

« ¡Mirad! ¡Monos! », exclama Zigomar alegremente.

« ¡Qué graciosos son! »

« ¡No me los imaginaba así! », dice Pipiolo decepcionado.

« ¡Yo tampoco! », dice la rana. « Encima no tenemos suerte:
ahora nieva. »

«¡Cuidado!», grita Zigomar. «¡Cocodrilos!»

Los tres amigos consiguen levantar el vuelo justo a tiempo.

«¡No me los imaginaba así!», hace constar de nuevo Pipiolo.

«¡Pero, bueno! ¿Qué quiere decir «no me los imaginaba así?»

¡Nunca estáis contentos!», se subleva Zigomar. «¡Si continuáis
poniendo en duda mi palabra volveréis a pie! ¡Palabra!»

«¡Mirad! ¡Mirad! ¡Un indígena delante de su casa!», exclama Zigomar, maravillado con todo. «¡Y ahí hay un hipopótamo!»

«¡Anda!, ¡pues yo no me los imaginaba así en absoluto!», dice Pipiolo.

«¡Yo tampoco!», dice la rana. «¿Estás seguro de que no te has equivocado de dirección?»

«¡Esto ya es demasiado!», se indigna Zigomar. «¡Os lo advertí!, ¡ahora mismo aterrizo y volvéis los dos a pie!»

Zigomar, furioso, aterriza y hace descender a los dos insolentes.
«¡Reconoce al menos que es un poco rara, tu África!»,
se defiende Pipiolo.
Zigomar se dispone a poner a ese impertinente en su sitio,
pero no tiene tiempo.
«¡Un león!», grita. «¡Larguémonos!»
Pero se le han helado las alas y no consigue alzar el vuelo.
«¡Empujad! ¡Empujad!», grita Zigomar casi sin aliento,
resbalando sobre el hielo. «¡Más rápido! ¡Más rápido!»
Una vez más, los tres exploradores alzan el vuelo justo
a tiempo. Han escapado por un pelo de las garras
de la fiera.
¡Qué miedo han pasado! Y como tienen mucho
frío deciden regresar.

«Y bien: ¿qué os ha parecido, África?», pregunta mamá ratona
cuando llegan a casa.
«¡No está mal!», responde Pipiolo.
«¡Una maravilla!», añade la rana, «¡pero hacía tanto frío
que parecía que estuviéramos en el Polo Norte!»